胡杰 著

被涂鸦的
天空

胡杰诗集·精选

四川大学出版社

项目策划：陈　蓉
责任编辑：陈　蓉
责任校对：宋科颖
封面设计：阿　林
责任印制：王　炜

图书在版编目（CIP）数据

被涂鸦的天空 / 胡杰著. — 成都：四川大学出版社，2019.7
ISBN 978-7-5690-2893-5

Ⅰ.①被… Ⅱ.①胡… Ⅲ.①诗集－中国－当代 Ⅳ.① I227

中国版本图书馆 CIP 数据核字（2019）第 097590 号

书　名	被涂鸦的天空
著　者	胡　杰
出　版	四川大学出版社
地　址	成都市一环路南一段 24 号（610065）
发　行	四川大学出版社
书　号	ISBN 978-7-5690-2893-5
印前制作	跨克
印　刷	四川盛图彩色印刷有限公司
成品尺寸	145mm×210mm
印　张	8
字　数	154 千字
版　次	2019 年 7 月第 1 版
印　次	2019 年 7 月第 1 次印刷
定　价	38.00 元

◆版权所有 ◆侵权必究

◆ 读者邮购本书，请与本社发行科联系。
　电话：(028)85408408/(028)85401670/(028)86408023　邮政编码：610065
◆ 本社图书如有印装质量问题，请寄回出版社调换。
◆ 网址：http://press.scu.edu.cn

扫码加入读者圈

四川大学出版社
微信公众号

序

过往皆为诗

◆ 贾平凹

  胡杰先生嘱我给他将要出版的诗集写几句话,考虑到多年来我对诗歌的创作和研究已少有关注,本想婉拒,但其话语中的真诚又不忍拂之。

  翻阅胡杰的诗稿,给了我很多阅读的愉悦和惊喜。诗风温和、深沉,情感浓烈、醇厚,语言简明、峻峭,杂糅了理想主义与现实主义的双重情怀。诗集选材多样,呈现一种立体多元化的艺术品质。有对亲情、友情的低语倾诉,有对爱情不向世俗低头的气概的称赞,有对往昔的追忆和感怀,有对人世艰难的感叹,还有一个诗者对乡村文明在现代文化中日渐消逝的忧虑和不安,张扬着独立的人生思考和价值取向。当然,诗集中也有对生活阴暗面鞭笞和拷问的诗作,如一把利刃,一边剖析着诗人的神经,一边剖析着世人的良心。

　　胡杰的诗,语句朴素、清新、淡雅,但并不缺少思想上的浓烈、庄严与厚重。我认为这本诗集的可贵之处,是它的平民意识和大众情怀,这恰恰也是作者的智慧和练达。他善于从小处着笔,一朵浪花里见海河,一盏萤火中见太阳。也许一千个读者就会有一千个哈姆雷特。但我相信,胡杰诗作中生活化的语言表现、哲思性的深度表达、人文情思的精神探索,一定会给读者留下深刻的印象。

　　胡杰生长于有"千湖之省"之誉的湖北,自小受楚文化的熏陶和教益颇深,之后又久居西北。这种多元化的文化交融和精神碰撞,对他的诗歌创作势必会有潜移默化的影响,所以他的诗作中常凸显着一种开阔的人文视野和包容的精神胸怀。楚庄王曾说:"三年不飞,飞将冲天;三年不鸣,鸣将惊人。"我想,这种卧薪尝胆式的雄心和壮志,胡杰也是有的,我期待那一天的到来。

　　以上所言权为序,愿与胡杰先生共勉。

序

乡村的诗与历史的诗

◆ 李 怡

在我的印象中，胡杰应该是新诗界里的新面孔，他来自乡村，常常以清新自然的语言书写着故乡的记忆。"故乡"是他诗作的一个关键词。胡杰是南方人，大学毕业后在西安成家立业，工作多年。但故乡山川始终在梦中萦绕不去，天空、田野、河流、方言以及少年的记忆，屡屡在笔下出现。故乡在哪里？"小小的村庄/或许　有名无名的地图/都找不到它/它的坐标　标在游子心里"（《故乡》）耕作的父亲是一名英雄："头戴斗笠　身披蓑衣/一手扶犁　一手扬鞭""多像一位/披甲执锐/跃马扬鞭的武士/在大地纵横驰骋"（《英雄》）。故乡温暖，令人留恋，"年老的父母/已如婴儿般依恋乡村"；故乡艰苦，使人逃离，"卑贱的生命往往啊/让人忽略了它献身的意义/而我自懂事起就一直与其斗争"。这本诗集，在很大程

度上可以看作诗人的"乡村笔记",这里有山峦,麦穗,稻草,色彩斑斓的秋天,慢吞吞的公牛,年老的父母……

以乡村为底蕴的文学可能天然地更接"地气",在诗人看来,诗似乎也并非什么神秘的东西,"其实没那么复杂/只不过充当了一次/大自然语言的翻译者/其实没那么复杂/只不过 把大家沉默的语言/大声歌唱"(《关于诗》),因此他反对"浑水摸鱼的语言"以及模棱两可的话。的确,作者的诗,大多来自生活之中的断章和断想,刘勰《文心雕龙·物色》有云:"岁有其物,物有其容;情以物迁,辞以情发。一叶且或迎意,虫声有足引心。"只有取诸自然的吟咏才是存天然、去雕饰的,有时,当我们置身于纷乱繁杂的世相,便已经离开这清新自然的生活滋味太远了!

我注意到,诗集的另一个关键词是"孤独",这是与乡愁相伴而来的精神体验。故乡的远去,带来了心灵上的疏离感。"孤独是一匹饥饿的狼/到处寻找猎物/在这场追逐与被追逐的游戏中/谁先倒下/一切取决于某个定位的方向标"(《孤独》)。面对喧嚣的热闹,作者要求"放过我吧/我对自己说/我只想做个纯粹的人/不管是快乐还是痛苦/纯粹得让时间静止/听听心与灵的声音",追求的是灯火阑珊处精神上的自给自足和享受,做一株"狗尾巴草",虽然"像是零零落落的一盘散沙",但是"我有我的绿叶/也有我的小白花/尽管短暂　但不寂寞/永远只以一种姿态/怒放生命"（《狗尾巴草》）。这种精神上的自足，方能使得作者尽管偶尔感叹"还能回到从前吗"，但还是能够以旁观者和反思者的角色，去看待、体验生活中的每一个细节。

　　从记忆乡村的清新到远离乡村的孤独，我以为，在胡杰诗作中贯穿始终的是对历史的感受——个人生活的历史以及我们共同经历的历史。这里有生理层面上对于时光流逝的恐慌以及相应的狼狈不堪，"人到中年/已成惊弓之鸟/我们时时刻刻提防/所有的风吹草动"（《中年》），也有心理层面上对于逝者如斯的追忆和反观，对故乡田野天空的眷恋，对少年诗酒江湖的向往，以及当下生活中的孤独与疏离，最终成为知命之年的飒然与释然。于是四季轮回有了新的意义，春天"像我多年的老朋友/突然来了/又突然走了/我们彼此/什么都没有说"（《西安的春天》），夏天"一切如人生的故事/简单　明了"（《夏至》），至于秋风秋雨、冬雪冬雾，也如同岁月一样，让我"瞬间明白了时间的全部含义"（《岁月》）。从这个意义上说，胡杰的诗歌又是从个人感受出发的"历史的诗"。

　　放大一点说，诗歌可能永远都在与乡村和历史结缘，不同的缘分造就了风格迥异的作品，胡杰的诗属于其中的一种。初涉诗坛的胡杰，或许风格尚不那么稳定，未来存在多种可能性，但无论他试

图走出多远,这一份乡村的记忆、历史的关切可能都难以改变了,并且我也相信,它们的存在能够支撑我们的诗人走出很远、很远。

2019年3月15日于成都

目录

被涂鸦的天空 /1
春华秋实 /3
稻草 /5
季节 /6
冬日暖阳 /7
冬天印象 /8
盼雪 /10
燕子窝 /12
惊蛰——写给虫子的诗 /14
三月三 /16
四月 /18
清明节 /20
在春天谈场恋爱 /21
找春 /22
西安的春天 /24
五月 /25
五月的清晨 /27
油菜花开了 /29
六月 /31

七月·火 /32

四季阳光 /34

岁月 /36

夏雨 /37

夏至 /38

葡萄熟了 /40

野蔷薇 /42

秋意 /44

秋雨 /45

秋天 /46

秋思 /48

日子 /50

悄悄告诉你个秘密 /51

时间 /52

瞬间 /54

这一刻 /55

与酒有关的雨 /56

这样的日子 /58

堵车 /59

发现 /60

风和云 /61

过年 /62

黑的夜 /64

黄昏 /66

黑暗 /68

火车站 /69

减肥 /70

看景 /72

咳嗽 /74

流年 /75

遛狗的女人 /76

盲人 /77

卖老鼠药的男人 /78

没有 /80

秘密 /81

命运 /82

男孩女孩 /84

诺言 /85

偶然 /86

朋友 /87

琵琶女 /88

悄悄来 /90

如果 /92

烧香 /94

失眠 /95

旅行 /96

诗人 /97

市井生活 /98

书 /102

四行诗 /103

铁轨 /104

文物 /106

问候 /108

问 /110

我 /111

我喜欢 /112

乌鸦 /114

戏说历史 /116

雾 /118

相似而不相同 /119

小路 /122

小伙伴 /124

校园 /126

心事 /128

雪之花 /130

寻人启事 /132

雪夜清洁工 /134

羊皮筏子 /135

夜 /136

一半 /138

一棵槐树 /140

因为爱 /141

远行 /142

月亮 /144

纸 /146

中年 /148

钟表 /149

乡村笔记 /150

曾经的村庄 /154

北方,北方 /156

城市的眼睛 /157

狗尾巴草 /158

故乡 /160

故乡的天是蓝的 /162

黄土谣 /164

故乡的语言 /166

麦积山 /167

回忆 /168

麦田 /170

母亲的手 /172

母亲的菜园 /174

收割 /175

童年 /176

我要回家 /180

乡愁 /182

白天与黑夜 /183

悬空的理想 /184

写给冬夜的诗人 /186

隐秘的房子 /187

放过我 /188

不要 /190

爆米花 /192

床 /193

不相信——写给儿子 /194

读诗 /196

佛说 /198

感悟 /199

英雄 /201

隔壁老王 /203

孤独 /204

孤寂 /205

关于诗 /206

还能回到从前吗 /208

何处 /210

近和远 /212

和平 /214

拘谨的思考 /215

愧疚 /216

来来往往 /218

轮回 /219

圈套 /220

上帝的门和窗 /221

声音 /222

思想的声音 /223

五十不惑 /224

疑惑 /225

语言的终结者 /226

影子啊影子 /228

在余光中逝去 /229

怎样才算夜晚 /230

战士 /231

张大的嘴 /232

质问 /234

这是真的 /236

忠诚 /237

总是 /238

醉 /240

被涂鸦的天空

一个被妈妈宠坏的孩子
竟以天幕为画布
信手涂鸦

黎明的底色是静谧和希望
几颗星星捧着一弯新月
被盛开的
白牡丹蓝牡丹烘托
还不忘在周围镶嵌一道金边

这个坏小子
中午竟然大发脾气
泼了墨汁的画布
黑鸦鸦
号啕大哭的眼泪
不知是伤心
还是撒泼

傍晚
风平浪静

画布上的太阳晕乎乎

像张大的嘴巴

打着呵欠

缓缓西沉

天　黑得很慢

夜

与那个搁置画笔的

淘气孩子

一起慢慢入睡

春华秋实

故乡的春来得早
故乡的秋走得晚
春秋之间
隔着一层薄薄的夏
仿佛开了个玩笑的恶作剧
一闪而过

最早发现春的
是头脱缰的老牛
正把一棵棵带露珠的
鲜嫩青草使劲咽下
那时山峦消瘦
河流尚小
蛙声未起
农人熟视无睹
大自然还态度暧昧
一切皆模糊不辨

所有的词语在故乡的秋天
都黯然失色

漫长的秋天

我都在褐土地翻找

大地的果实

土豆、红薯、花生和莲藕

都是很接地气的名字

翻着秋天的土地

我像坐在教室

把课本

重新翻了一遍

稻草

失去了谷子的稻草
黯然无神
软塌塌躺在田畔
形容枯槁
不久的将来
它将被整齐地码在屋后
成为老鼠和鸟雀冬天的家
或许会被送进牛棚、猪圈
和灶膛
卑贱的生命往往啊
让人忽略了它献身的意义
而我自懂事起就一直与其斗争
在若干年的考场厮杀后
终于取得了决裂的胜利
不必再去触碰与关注它
周而复始的生生死死
从河东到河西
我用了三十年的时间来跨越
但当我躺在铺满稻草的床上时
未及炊烟升起
睡眠却已被煮熟

季节

季节像一位预言家
不管你愿不愿意
总是如期而至
将岁月的皱纹
刻在暴露的脸上

多少次　多少次
我们总习惯于
白天做梦
黑夜招手
静心等待
等待花开的声音

而你可曾发现
窗外早已是雪白一片
有时啊
时光悄悄扔出的
一枚细小石子
瞬间就让你惊惶失措

冬日暖阳

冬日暖阳
像盛开的花朵
闻一闻
有春天的味道

冬日暖阳
像条小河
缓缓流过
脸上的皱纹
波澜不惊的日子
像随水而逝的浪花
暖暖的回忆
却是河里生根的石头

也还有一些暖阳里
未曾妆洗的枝条
蓬头垢面
却结满了
太阳的果实

冬天印象

冬天的发髻已高高挽起
远离了万种的风情
远离了顶礼的膜拜
只留下
素面朝天的
干练与简洁
还有
来年接着再讲的童话

冬天的气息冷冰冰
寒光闪闪的外套
就是一支强大的军队
曾阻挡了多少叵测者的入侵
苍白的语言
少了许多解释的机会
而在冬夜闪烁的眼睛
却被早早冻在天河之上
再也不用担心眼里有沙子

我们对冬天有着深深的误解

忽略了那些看不见的花儿

正在冬日的暖阳里

酝酿着春天的蜂蜜

其实冬天就像春天

抛在山腰的童年

迟疑片刻

喘息一下

继续攀登

寻找孕育在大地深处的

一抹绿色

然后　把接力棒交给春天

盼雪

这是一个失信的年代
也是一个吝啬的季节
说好的雪
就这样在路上误得没了踪影
尽管与雪的约定仅一年
却显得十分遥远
而充满期待

那些可笑的信息
还在一个劲儿卖力吆喝
雪要来了　雪要来了
早上雨夹雪　中午有小雪
下午转中雪　晚上是大雪
明天橙色预警暴雪

防寒保暖服穿了脱　脱了穿
就像演出前的鼓点
急促地敲了半天
迟迟不见演员上场

一眨眼

冬去春来

雪还在路上

我们来年再见吧

燕子窝

自从春天在教学楼
发现了燕子窝
他就像着了魔
直到秋天还在惦记
惦记什么呢
这是个秘密
他很想看看这个坚硬的壁垒
藏着什么

他暗笑自己
五十多岁的人
还如此执着
他决定将这件事
紧紧关在心里
连同床共枕的妻子
也守口如瓶
这一刻
他觉得自己返老还童了

其实燕子窝在老家不稀罕

他小时候就不屑一顾
几十年后再看到
竟是老友重逢
简直就是老家屋檐下
复制而来

当他看到燕妈妈喂食小燕
当他看到燕妈妈对小燕
轻声呢喃
当他看到燕妈妈教小燕
一遍遍飞进飞出
他突然泪流满面
想起了母亲
那只飞向了天堂的燕子
此时那个空空的燕子窝
多么像
多么像他曾经小小的摇篮

惊蛰——写给虫子的诗

惊蛰是一个节日

人类给虫类命名的节日

这一天

见过的虫子　没见过的虫子

喜欢的虫子　厌恶的虫子

以及梦里的虫子

都惊醒了

行走在自己的节日里

或许　它们早已醒来

只不过　在等待起床的闹钟

其实虫子的一生很简单

简单得用分分秒秒来计算

有时　分分秒秒就是一个生命的轮回

却没有多少人记得

它们的名字偶尔在教科书中出现

偶尔在法布尔的故事中出现

谁知道呢

蜗牛的忍辱负重

飞蛾的烈火焚身

萤火虫的囊萤映雪
一个曲解了的历史

今日是惊蛰
虫子的节日
却不能在月光下独舞和奏鸣
因为雨　打湿了月的光芒
夜的雨闪着丝丝白光
蜘蛛的网
春蚕的丝
凤尾竹的葫芦丝
雨也打湿了雷的声音
在春暖乍寒时
惊醒蛰伏的梦

三月三

三月是春的世界　诗的季节
小草在写诗　花儿在写诗　树叶也在写诗
一片忙碌　一片紧张
写着　写着
大地绿了　天空绿了　心儿也绿了
东风轻轻一笑
都收入了自己春的诗集

我也在写诗
可昨天一整晚都失眠
在寻找三月的长短句

那年三月三
杜甫告诉我一个诗意的春天
长安水边多丽人
杨花雪落覆白萍
青鸟飞去衔红巾

今年三月三
武汉的春天有点晚

飞走的黄鹤还没回来

什么留住了三月的春　三月的绿

我不知道

四月

四月是人间最美好的日子
一切比喻都已煮烂
一切文字都带着花香
你说　我还能说些什么
无非是
青草更青　流水更响
沉睡的大地什么时候早早苏醒了
一切仿佛在昨夜
一个用希望和力量编织的梦

四月带来诗和田野
属于你　属于我　属于我们
许多惊奇　许多欣喜
淹没在诗的海洋
淹没在花的海洋
有的诗写在大地
鸟儿是卖力的朗诵者
有的诗写在心里
写给一个孤独的读者
正如一朵鲜花

有的开在树上　有的开在地上
也有的在心里默默绽放

清明节

　　年年清明　今又清明
　　清明是思念的故事
　　雨是众所周知的演员
　　年年准时出现在故事的舞台上
　　从很久很久的年代开始
　　从很远很远的地方开始

　　骑牛的牧童已远离杏花村
　　杏花村的雨却酿了酒

　　桃花灼灼　梨花妖妖
　　雨的泪水不曾湿透花的容颜
　　却挂在麦节青青的脸上
　　花尾巴的喜鹊若无其事在歌唱
　　也许这一天就是平常的一天

　　只是不知道
　　过去的雨与今天的雨是不是
　　同样的雨　同样的心情

在春天谈场恋爱

最先告诉我春天气息的
不是迎春花
而是
算了　让你先猜猜

黎明时分
一只寂寞的蚊子
用嗡嗡嗡的柔声唤醒我
并试图亲吻我的额头
我的脸颊
我努力抗拒着

我知道我不属于它
它已雪藏一冬
它一定在寻找另一只蚊子
我裸露的皮肤
不过是它爱情的场所

找春

春天来了吗
我不知道
昨天
站立窗前的白雪姑娘走了
被东风的信使接走了
一条长着斑点花纹的鳜鱼
慵懒伸了个腰
央求流水找桃花

春天来了吗
我不知道
暖暖的风儿留在柳梢头
偷偷裁下几片细叶
一把顽皮的阳光荡秋千
弄醒了几朵小黄花
她叫迎春花

春天来了吗
我不知道
明天

梦里肯定有十里蛙声
和泡满池塘的鸭子
暮归的老牛慢悠悠
走在铺满梨花的乡间小路

西安的春天

西安的春天
像我多年的老朋友
突然来了
又突然走了
我们彼此
什么都没有说

五月

你好五月
今天你惊醒了春天的梦幻
一些朦胧的思考正在变成现实
春暖花开的日子
行走在另外的道路
留下一片成长的大地
许多告白遗失在山间的流水
遗失在大海的浪花
一切都显得匆匆忙忙
五月就以这种姿态出现

你好五月
从今天起我要起床打理麦田
也要看看水稻的长势
顺便拔掉一些长在心间的荒草
毕竟
人间最美的四月已在昨天
结束

也许五月还有许多事要做

一些留给孕育果实的花朵
一些留给匆匆赶来的六月
留给那些要放声歌唱的夏蝉吧

五月的清晨

在这样一个清晨

最好做个沉默者

请耐心听听

小鸟昨天还未唱完的歌

也听听

叶子与叶子之间的交流

还有

大地欢快的呼吸

在这样一个清晨

最好做个沉默者

看看大自然

怎样摆弄这幅调色板

而小草上的露珠

宛如指尖的泪滴

你说是欢喜还是悲伤

在这样一个清晨

最好做个沉默者

尝尝阳光的味道

尝尝花香的味道

尝尝时间的味道

在这样一个清晨

仿佛春天不曾离开

仿佛夏天还未开始

仿佛所有的故事都没发生

可是

我却看到了探头探脑的秋天

油菜花开了

黄灿灿的油菜花开了
开在三月的花海里
开在黄灿灿的春光下
这是众所周知的

黄灿灿的油菜花
吸引我和众人的眼球
当然还有花蝴蝶的殷勤
蜜蜂的忙碌

我坚信油菜花是贞洁的
招蜂引蝶并不是它的错
错误在于我们对美丽的侵犯
一如我冒昧的闯入
我本该用散文表述
最终只有几行长于田野的诗

我想方式并不重要
清者自清
多说无益

黄灿灿的油菜花
开在黄灿灿的阳光下
黄灿灿的阳光烤着大地
此时的我
正如一只黄蜂
趴在黄色的花朵上
烤着黄灿灿的太阳

六月

六月的故事大多与收割有关
时间就是那把锋利的镰刀
闪着冰冷的光芒
毫无顾忌
桀骜不驯的青春
杂乱无章的记忆
被一一割掉
剩下的日子
一边沉默无语
一边沉淀发酵

七月·火

七月的火

早早在天边烧起

那时

星星和月亮还不曾退缩

当这无色的火

当这刺眼的火

点着整个大地的时候

我的思想在火中

化为灰烬

与孤寂的声音一起埋葬

埋葬在太阳盛开的

花朵里

七月的火

孤独的火

在空中到处飘荡

没有朋友　更没有敌人

只有我熟悉她的味道

是母亲燃烧灶火的味道

是在田野收割热浪的味道

仿佛拽着童年的影子
从火中踏浪而来
仿佛人生是一个梦
一个在太阳花里
盛开的黑色梦

四季阳光

春天的阳光
温暖而湿润
轻轻吹醒几朵花的梦
还有
几粒散落泥土的种子

夏天的阳光
热烈而调皮
总是追逐你
到处乱跑
一不小心
大地就成了绿色的新娘

秋天的阳光
丰富而低调
轻轻一笑
苹果羞红了脸
豆荚咧开了嘴
随处抓一把
都是金色的味道

冬天的阳光

虚弱而苍白

躲躲闪闪

寻寻觅觅

泪珠冻住了小兔的大门

呼吸留下浅浅的脚印

岁月

岁月不言语
也没有表情
我独自在镜前审视
瞬间明白了时间的全部含义

在岁月的列车上
人来人往
有的中途下车
错失未来的风景
将以墓碑的形式铭记
有的驶向终点
也未知痛苦还是幸福

夏雨

夏天的雨
脾气暴躁
说来就来
乌云未暗示
闪电未登场

二十分钟的雨
犹如苦难人世间
二十年的眼泪

太阳恰到好处
打了个圆场
鸟儿又开始放歌
蜜蜂也开始与花朵约会
大地重新风平浪静
一切似乎又回到从前

夏至

从今天开始

春的妩媚渐行渐远

如潮水般决裂

有些突然　有些伤感

像是约定

如此干净

连影子也不剩

从今天开始

夏的王朝正式启动

这是一种完全不同的风格

迫不及待驱逐争艳的百花

一下改写了春的历史

只让绿色更绿

阳光更坚强

夏能带来什么礼物呢

让我想想

一束春天遗忘的蔷薇

一些早早赶来报到的瓜果

还有粉墨登场的蝉儿
打快板的螳螂
及阴影里的黄雀
一切如人生的故事
简单　明了

葡萄熟了

葡萄熟了

秋天熟了

秋天把剩余的色彩

全部馈赠了葡萄

色彩斑斓的葡萄

晶莹剔透的葡萄

已成秋天谢幕前

最动人心的

回眸一笑

秋天熟了

葡萄熟了

所有葡萄偎在一起

做着一个梦

一个飘着蜜的梦

一个久远的梦

丝路　驼铃　沙漠

还有缠着头帕的阿拉伯人

乍起的秋风

还未吹醒葡萄的梦
红着脸的秋天已醉了
醉倒在这
盛满葡萄酒的杯中
即使被秋天的泪水打湿
即使被飘落的雪花埋葬
也不再清醒

秋天醉了
葡萄醉了

野蔷薇

忽然想起家乡的野蔷薇
在梦里开得心花怒放
每一朵都很优雅　很任性

野蔷薇的家在哪里
沟沟坎坎和房前屋后
这是一块寂寞的领地
生长着一些带刺的思想

三月春风不经意吹破冬的梦
也吹醒了野蔷薇萌动的绿
光脚的放牛娃
像一只只飞舞的蜜蜂
忙着采摘一根根嫩蔷薇
把童年的滋味嚼得五光十色

五月阳光是春天最后的背影
背影下是花枝招展的野蔷薇
一朵一朵
用心填写大自然的空白

一朵一朵

努力弥补这语言的苍白

秋意

辉煌的背上早已爬满
衰败的影子
盛宴之后
终将依次退场
最后归于宁静

看看那山　看看那水
瘦了瘦了
鸟儿急忙穿过
低声哀叹的云层
飞向南方
夜一点一点沉入黑暗
不再守望白天

雨一边哭泣
一边敲打水坑
梦想在那里开花
梦想有人温暖
温暖那颗冰冷的心

秋雨

一场毫无头绪的雨
像逻辑混乱的思想
只可惜了伞
还没开花就枯萎
一些跌落车顶的尸体
在夜的指引下
驶向了没有路标的远方

蝉穿黑色礼服
只为出席秋雨的黑色葬礼
不要讨厌蟋蟀鼓盆而歌
它将成生命的绝唱
此时
北方遥远的森林
松鼠在思考一个哲学问题
北风是否该来了
这个冬天飘落的第一场大雪
在何时
在何地

秋天

秋天不再是一个抽象的符号
刻在大地上的
现实而丰满
忙着搬家的果实
传递了秋天的某种信号
这是一个充满诱惑的
短命过程

镰刀不再是秋的唯一武器
还有尖硬的鸟喙
和在火光中磨砺的兽牙
所有果实必须经过一个
危险的旅行
上天堂或进地狱
最后深深埋葬
让生命在等待的保护中
孕育

不要相信秋天慈祥的目光
那是对冬天无可奈何的叹息

和对夏天的全部回忆

还有那秋风

已虚弱得画不了一条直线

却要急忙擦掉

春天的誓言

秋思

1

当你沉醉于秋天的辉煌时
你是否意识到
这是一些种子与果实
生命的质押
可怜的种子
可怜的果实
永远终结在秋天的梦里
冬日的童话还未翻开
诡计多端的秋天啊
一次次充当了
季节的谋杀者

2

秋天的印象
最初从两片
涂着口红的叶子开始
那辽阔的大草原

绿色的梦渐渐发黄

不久的将来

统统沉睡在

白色的迷茫中

白色的迷茫中

3

关于秋天

有许多风言风语

信与不信

一切取决于心情

我一年只读一次

秋天写给春天的诗

一切美好未必都珍藏

把珍藏留给冬天的空虚

日子

日子很圆滑
多数时候是一棵
两边倒的墙头草
日子的天平从来就没有公平
一直是挥霍时光的帮凶

因此我要提醒你
当心啊

日子两端连着白天与黑夜
连着痛苦与欢乐
也连着卧室与墓穴

因此我要提醒你
当心啊
日子就是一棵墙头草
日子的天平从来就不公平

悄悄告诉你个秘密

昨天
我不小心
遗落一张
时间的支票

今天
我被无情拷问
时间都去哪儿了

明天
我将受到
时间的审判
点燃的生命
如香烟
一寸寸燃烧
直到
灰飞烟灭

时间

时间像一条贪吃的虫子
不知不觉中吃掉了
许多岁月　许多青春
它不必提醒　更不必负责
只留下
我们无奈的
一声叹息

时间最无情
总把昨天的背影留给你
时间最无情
总把今天的诱惑留给你
桃红柳绿　花开花谢
昨日已逝　今又匆匆
未觉池塘春草梦
阶前梧叶已秋声

时间最有义
不管你在不在乎
它都是你生命忠实的管家

用岁月刻痕

也许精彩　也许平淡　也许憎恶

或多或少

不管怎样

你最终要阅读这本回忆录

因为

时间早已为你写好

瞬间

这个夜晚
孤单得要命
是谁在将夜
抽丝剥茧
非要露出孤单的
内心
就连一声咳嗽
也是如此多余
但你不必为此内疚
尽可置身局外

我也置身局外
我在等待
等待另一个我的
到来
彼此
握手
再见

这一刻

这一刻
太阳被大风刮进海洋
没有言语没有挣扎
默默将接力棒交给黑夜

这一刻
月亮受到惊吓
呆呆端坐树梢
对黎明一往情深

这一刻
有墓碑耸立
有经幡飘扬
也有婴儿啼哭
幸福和希望如繁星闪烁

这一刻
生与死
犹如光明与黑暗
反复交替

与酒有关的雨

下了一点点雨
就那么一点点
已擦净了天空
捎带擦拭了一下心情

一点点雨
就像一点点酒
有点点微醉的感觉
其实人未醉
是酒醉了

渭城朝雨
一点点
太少了　太少了
看看那盛开的鲜花
渴望的眼神

一点点雨
就像一点点酒
香气扑鼻

仅剩瓶底

纵然已是老江湖

还是在黑夜里

暴露了所有的秘密

这样的日子

这样的日子
有谁还记得
飘过风的日子
飘过雨的日子
重复昨天　重复今天
也许还重复明天
谁记得花开的日子
谁记得麦熟的日子
我们匆匆赶路
却把最熟悉的日子
远远抛在身后

堵车

交通堵成一锅粥
车辆是粥里的五谷杂粮
不要搅动
越熬越难喝

以前
流动的车辆像列队的士兵
一排排　一排排
听着红绿灯威严的口令
向左转　向右转
立正　稍息

今天
车辆像任性的小孩
东摸摸　西碰碰
像一粒石子投入平静的湖心
人堵在路上
车堵在心里

发现

我发现
用刀割开伤口
刀比伤口疼
而心比刀更痛

我发现
割开的伤口很深
比黑夜还深
而比伤口更深的
是阴谋

我发现
我爱着你
爱着你们
爱着这个城市
每个不相关的
角落
而你们却爱着别人
谁爱着我呢

风和云

一片云飘过
我闻到了雨的味道
一阵风吹过
我听到了季节的微笑
和叹息

风和云的追逐
宛如盲人在黑夜诵经
风和云的约会
总是变幻莫测

过年

这一天
所有的日子都被捏成
心愿
祝福
和喜悦

这一天
日子不再叫过日子
是回家
是团圆
是亲情

这一天
雪花
雨花
泪花
都是怒放的
心花

这一天

历史成为历史

时间重新开始

远方的征程继续行走

而我只期望父母

将每日的黄昏归拢为灿烂朝霞

也期望我认识或陌生的你

粮仓五谷丰登

请给我留下

遗失在大地的孤寂和

一杯酒

黑的夜

从今夜起

一切都归于平静

从今夜起

所有的记忆都清零

可我还惦记着那首未写完的诗

今生为你所写的唯一绝唱

我找不到纸和笔

也找不到往昔的字句

她们都离我而去

今夜无眠

我多想为你唱一支歌

或忧伤　或快乐

也许痛苦多于高兴

可怎么也找不到曲调

她们也离我而去

今夜微风

我想大声呐喊

却只有几声微弱的叹息

叹息
被这无边的黑夜吞没
吞没

黄昏

夕阳与黄昏亲如兄弟

挨得太紧　没有距离

容易失去

可没有距离　还是很美

告诉我　抓住白天的尾巴

就阻止了夜色的入侵吗

垂钓者在夕阳里垂钓

松软的钓线　松软的阳光

鱼儿没有咬钩

咬住了太阳的影子

可笑小鸡小

却偏要在雪地写大字

小狗咬着尾巴跑过篱笆墙

几朵梅花开在雪地

夕阳搀着黄昏走　黄昏推着夕阳走

走过草地　走过沙漠

走过一切看得见看不见的地方

滚落山坡　落进长河

却把影子留在

黄昏的黑夜

黑暗

　　白天被黑暗吞没
　　黑夜被黑暗吞没
　　希望被黑暗吞没
　　你也被黑暗吞没

　　我坐在黑暗的腹地
　　思考黑暗
　　等待黎明
　　从黑暗的地平线
　　升起

火车站

候车的
是一群趴在地上的
鸭子
个个伸长脖子
盯着电子显示屏

检票的
是放鸭人
从不用竹竿驱赶
只须打开栅栏
人如鸭群
潮涌而出

停车的铁轨
是相逢的河
多少人
多少鸭子
在河流种下
再见的相思

减肥

你说
瘦了吗　瘦了吗
我不能拒绝现实
和现实的回答

你说
你说呀　你说呀
我宁可欺骗眼睛
也不能欺骗良心

你要变成闪电
我看到的是
一个盛满水的
桶

你说
说句话怎么就这么难
我说
干件事怎么就这么难

这个距离

还真不是语言的

距离

看景

想想我们这一生

曾看过多少风景

和风景外的故事

品山读水　快意江湖

无非是来过和去过

最后有多少在心灵深处安家

如同走过的路

路还在

岁月却不曾留住脚印

而景还在

记忆已被风吹走

风景　风景

不过是风吹景罢

唯一长相忆的

不是险象环生的路况

不是摄人心魂的景致

更不是照相与购物

而是一声叹息

与我们同游的孩子大了
与我们同游的父母老了
我们
仍将在人生的风景线中
负重前行

咳嗽

咳嗽
让你探明季节的底线
不可逆转的时光

咳嗽
让你低头弯腰
掩盖痛苦
裸露无奈的失态

咳嗽
让寂静的夜晚更寂静
活着的信号
无人听懂的语言

流年

童年的门

已被时光敲破

青春逃得无影无踪

中年是个沉重的故事

这一点众所周知

老年千疮百孔

依靠回忆填补漏洞

一群一群的人

还行走在路上

前仆后继

最终隐藏于

无名的墓碑之下

遛狗的女人

比钟表还准时
比爱人更忠诚
犹如一条被拴住的狗
日复一日　年复一年
在自己的阴影里兜圈子

今夜那如夜色一样忧郁的女人
正独自品尝岁月的含义
诗已远去
真理下沉

而此刻　那条黑白分明的狗
在日子的裂缝里唱歌
对着孤独狂吠
不满的言语
透露了某种真实的信号

盲人

为了把这个世界看得更清楚
他站在太阳底下
使劲睁大眼睛
瞳孔里仍是一片黑暗

卖老鼠药的男人

多年前的
夏天中午
头发蓬乱　胡子拉碴的
小个子男人
行走在乡村小道
一边打着竹板
一边吆喝
"老鼠药，卖老鼠药"

多年后的
夏天中午
我躺在城里
有空调的床上
胡思乱想
这一幕
那男人恍如
一只黑夜前行的
老鼠

多年以后

那烈日下

孤寂的身影

单调的声音

和一身老鼠

死亡的味道

像一件压在箱底多年的

旧衣服

尽管皱皱巴巴

我还不时翻看一下

没有

也许你不相信

我没有白天

白天是别人的新娘

我只有黑夜

黑夜将我紧紧拥抱

也许你不相信

我没有生活

生活是件奢侈品

我只有生存

生存只需苟且

曾经的梦想

成为一粒冰冻的种子

不会发芽

不会开花

更不会结果

我曾无数次仰望星空

星空却一次次俯视大地

秘密

有多少埋葬的往事
就有多少秘密
有多少没有结局的故事
就有多少秘密
所谓秘密
不过是一些还没公布的答案

本来
是没有秘密的
所谓秘密
其实
一半是常识　一半是历史
只是
我们已经习惯

时间是秘密的武器
请耐心等等
毕竟
水落石出不是秘密

命运

诗人的命运是孤独

孤独的灵魂

孤独的语言

孤独的行走

行走在深深的字里行间

犹在辽阔的草原

或荒凉的沙漠

诗人的黑夜比白天多

白天是兄弟

黑夜是姐妹

和妻子

诗人没有兄弟

诗人只有姐妹和妻子

在幽幽的梦里徘徊

徘徊

诗人像火

沉默的火

点燃了一首诗

也点燃了大声的呐喊

男孩女孩

一个两岁的小男孩
骑在父亲头上
还在喊
"高　高　再高
我就摸到天了"

一个两岁的小女孩
牵着母亲的手
弯下腰
对母亲说
"低　低　再低
我就找到那只蚂蚁了"

诺言

风喜欢到处奔跑
抚摸过大地的每寸肌肤
也惊醒过黑夜沉睡的梦
容易把一些细小空虚的东西
抬得很高
诺言于它
就是一阵风

雨喜欢独自流泪
流过故乡的屋檐
湿过祖国的河山
它忘情于自己
一次次夸张的表演
石头也被感动得痛哭流涕
诺言在此
总是付之东流

而你
种下炒熟的麦子
无非让秋天
再次失望

偶然

看到风刮过

看到云流动

看到雨落下

也看到你一闪而过

文字闪着微弱的火光

在黑夜涌现

最后化成灰烬

在诗歌的角落哭泣

明天鲜花盛开

明天人们笑容满面

明天街头熙熙攘攘

明天五谷丰登

牛羊成群

明天一切如故

朋友

像是满天游荡的白云
无影无踪
总是不合时宜
无缘无故飘过梦里

像被牵挂的风筝
无数次高高悬起
如同悬起的思念
可心雨总把思念一次次淋湿

千张万张熟透的脸孔
吹来夏天阵阵凉风
万副千副笑容
飘来冬天鸟语花香

时间和路程
点点剥离为永恒的相守

琵琶女

浔阳江头
夜色沉沉
网住一群
迷失归途的小鱼

枫叶荻花
染白秋月
争缠头的五陵少年
轻别离的商人
何曾入梦有情人

琵琶行　琵琶行
昨夜　今晚　和明夜
还有
霓裳与六幺
弹不尽
多少古今伤心事

曲终人不散
江转年不流

天涯沦落　相逢不语

泪花朵朵

红了枫叶

老了荻花

湿了司马青衫

悄悄来

来时悄悄

春不暖　花未开

一枝冬天的芦苇独立湖心

昨晚　长脚鹭丝鸟从它身边

飞过

来时悄悄

总想有些故事发生

不在梦里

只是偶尔想起

就像天空不要白云长相伴

灵魂有时也游出身体透透气

来时悄悄

夜色如往常一样平静

平静得如冻住的河流

我们谁也没打招呼

大雁飞过长空

留下声音

尘埃扬起

也有蛛丝马迹

一粒沙子

竟然装有一个世界

可我只想

悄悄来　悄悄走

一只蚂蚁也不惊动

如果

如果没有枪炮
世界有战争吗
如果没有战争
世界会和平吗

如果没有海洋
就是陆地吗

如果没有黑夜
就是白天吗

如果时针停止了
世界就安静了吗

如果没有痛苦
就是欢乐吗

如果都是微笑
还有仇恨吗

如果有如果
思想就成了
一匹脱缰的野马
在梦想的草原撒欢
在自由的天空奔驰

烧香

许久没去寺院了
没有求人的念头
自然省却拜佛的烦恼

以前的寺庙久居山中
等待罕至的香火
鬼神在香火中互相提醒
乌鸦羞于在黑夜里发言
小僧端坐月下
松风翻书诵经

现在啊
庙宇向下挪了挪
长长的香火摊
接上了山门
高高的头香
高过了心头

神仙不食人间烟火
烧香又有何用？

失眠

在脑海跑了一整晚的列车
清晨也未能停下
此时耳边犹有汽笛长鸣
我已无力阻止
那些破门而入的画面和声音
一夜的搏斗
让人精疲力尽
我总觉得我的白天比别人多
即使在深夜也像
白天一样清醒

旅行

旅行是件快乐的事

列车在铁轨上叮叮咚咚

敲个不停

一首写给旅行者的歌就这样唱起

铁轨是雪地早已画好的赛道

列车的模样有点像

一只笨狗拉着雪橇在上面奔跑

旅行的时间我早已规划好

一个小时听列车的演奏

两个小时读点诗

还有一个小时　留给我

想象一下故乡的模样

诗人

在成为所谓的诗人之前
我是个浪子
也让放纵的文字到处流浪

成为诗人后
我用脚丈量大地
每一步都是稿纸上
撒娇的文字
我把天空装进胸膛
独自仰望星空

从此
我不小心成了文字的情人

市井生活

相比生活的

阳春白雪

我更醉心

下里巴人的

市井生活

那五味杂陈的声音

让我置身

人间烟火

五味杂陈的声音

是琳琅满目的

菜市场的菜

高音像辣椒洋葱

低音像青菜豆腐

中音像土豆蘑菇

都是熟悉的土地

生长的家常菜

五味杂陈的声音

像街上　小院里

形形色色的人
方言如年轻人
有不确定的美好未来
普通话如中年人
稳重而包容
沉默则如老人与小孩
高深莫测啊

夏至
狂风大雨
夏以不正经的姿态
开始第一天的生活
这种不正经
使我想起早点摊上
顾客的吃相

清晨
没有听到往常的鸟叫
庆幸小鸟
没有如我一样失眠

中午
天气晴好，空气清新
小狗在院子的灌木丛中
与阳光捉迷藏
四个老太太
在院子里打麻将
麻将的底色与白发
相映
麻将的清脆与含混的争执
互和

傍晚
无事
我在那条大家都熟悉的
路上散步
招手
点头
微笑
丝毫没有偏离
程序与规则

晚上
睡觉
今天睡前
没写日记
没做试卷
也没背语录
只是对着探头探脑的
生活
狠狠挥了一拳
心满意足
这没有添加剂
不戴面具的生活

书

翻开书
天亮了
心明了
合上书
天黑了
夜来了

四行诗

喂　最近心情怎么样
我该怎么说呢
有时像歪歪斜斜的日子
有时像整洁的诗句

铁轨

有多少思念

就延伸多少爱

伸向长长的远方

只有心能到达

太阳注视我的目光

是几只在黑夜跳舞的萤火虫

月亮的清辉

如白天悬挂天边的瀑布

有多少故事

不经意地发生　又不经意地消失

我是大地的舞者

手握天边彩虹

轻盈跳上世界屋脊

长江与黄河

也柔情绵绵　一往情深

日复一日　年复一年

永不知疲倦

我不知道是对还是错
曾惊扰多少梦
长城边上的孟姜女
乐府诗中的焦仲卿
还有
拖着长尾巴的松鼠

文物

我总是羞于提及过去
尽管如此
长满灰尘的往事
还是让人
一件件抖落
细致到骨子里

如果你们喜欢
就说吧
我只会冷眼旁观
三缄其口
事实上
我也不会比你们
任何人说得更多

作为一个永远的沉默者
失语是我唯一的选择
所有的解释都多余
它会泄露历史的秘密

但谁又能忽视

沉默的力量

只要存在

就可能是真理

而死亡或消失

只有千万种

指指点点的说法

问候

眼神是一门古老的学问
不管有没有神居于此
都是
有时能读懂　有时完全读不懂
懂与不懂有赖风月
用眼神交流
犹如两只小虫
用触须试探
神的旨意

肢体不过是语言的拐杖
当语言残缺
肢体奋不顾身
表现得淋漓尽致

语言是问候的常客
文字在嘘寒问暖中
躲闪与隐藏
尽管有的问候老得没有骨头
仍在世间行走

味道像家常菜

常吃常忆

问

把酒问青天
天已独自醉

投石问路
路在何方

我是谁
我自哪里来

答案尚未确定
或许隐藏于明天的试卷

我

我活过多少年
也死过多少年
最终成为永恒

白天睡觉
夜晚清醒
黑白分明的日子
有时也陷入某种混乱

要相信
凄风
冷雨
黑夜
只是一场偶遇
没有对话
没有握手

我也始终相信
黑夜的尽头将不再是黑暗
阳光会把温暖
交给所有的早晨

我喜欢

我喜欢坐在飞驰的列车上

看着两排从不低头的电线杆

变得如此不堪一击

迅速向后溃退

如此　我知道了什么是

前进的力量

我喜欢坐在飞驰的列车上

听一个小孩

用哭声表达别人

听不懂的情绪

上一站的哭声很快

又变成下一站的欢笑

他多像一个

睿智的哲学家

我喜欢坐在飞驰的列车上

想一些遥远的往事

再远的事

也难及铁轨的尽头啊

我只不过是

人生列车上的

一个匆匆过客

乌鸦

天下乌鸦一般黑
这是常识
也是真理
更是宿命

但不是所有乌鸦
都能坚持到最后
譬如故乡的乌鸦
连村庄一同消失
仿佛未曾来过

想想以前
甚至以前的以前
我是多么幼稚
多么毫无理由地讨厌乌鸦
由表象的颜色到深刻的声音
一切不过是人云亦云

这么多年
我见过的夜

以及夜色下藏着的黑
比所有的乌鸦都要黑
而那些悦耳的妙音
也未必有乌鸦声音真诚

想想我们这一生啊
干过多少
先入为主的蠢事

戏说历史

说起历史

觉得很遥远

我一个人无法想象

我们这一代人也无法想象

那么就交给下一代的

下一代去想

看看还有多长的路要走

也许我们上一代的

上一代也是这么想的

不是说

历史总是惊人的相似

说起历史

觉得很沉重

有什么东西压在心口

喘不上气

有时吧

觉得历史是一坨

腌久了的黑酱菜

看不清它的面目

只能感受到它的味道

有时吧

觉得历史是一把

古老的青铜剑

正面锈迹斑驳

反面寒光逼人

说起历史

觉得像个人简历

有的真实

有的篡改

有的长

有的短

有的已存档

有的还在续写

有时候

历史仅是个

舞台的传说

你方唱罢我登场

雾

谁不小心打翻了魔法瓶

让虚无缥缈布下

层层陷阱

一些东西被完全掩盖

一些东西被遮遮掩掩

犀利的目光看不透

加速的车辆冲不破

好大的一张网

被水泥森林和树木森林

高高撑起

我们都是网中的鱼

在时间的海洋里喘息

相似而不相同

昨天
我发现父亲额上
有连绵起伏的山脉
想起小时候
看到爷爷额上也有这样的山脉
可爷爷早早把自己
埋进了自己的山脉
只是每年清明
我分明听到
他在山中笑

父亲将来也要埋在山里
可他不会笑
直到现在我也没见他
嘻嘻哈哈的童年
只有一脸庄严的中年

父亲的山脉埋着
南方的小妖精
那过早受孕

开花结果
瓜熟蒂落的小妖精
埋着北方的强盗
那月黑风高
蒙面夜行的强盗

埋着被雨水淋湿而发霉的
灵魂
也埋着耻辱与谦卑的
秘密

今天我看见我的山脉
在镜中疯长
传递着岁月最隐蔽的信号
它来自父亲
还是父亲的父亲
或者更久远的年代

我也会埋葬在
自己的山脉

只是不知道

我在那里　最后

是哭还是笑

小路

一条小路
像白色的飘带
一条小路
像黑暗的绳索

白色的飘带是梦中的舞台
天空拉下低垂的幕布
月亮点燃夜的灯笼
星星是舞台的背景
是与时空对弈的棋子
在人生的棋局中
时快
时慢

黑暗的绳索
紧紧捆住
生活的顽石
长年累月
坚硬的种子
在石中发芽

在心中开花

结果于含泪的微笑枝头

小伙伴

总有一个身影在书中穿行
总有一个声音在梦里呐喊
总有一个笑容在眼前浮现
这一切都提醒你
不要忘记

事实上你真的就忘了
多少年音讯全无
也找不到任何表达方式
童年的河流被时光冻结
时间是个无情的偷窥者
你必须疲于奔命

有时你的记忆
偶尔被黑夜的微光照亮
却羞于启齿
只能铭记在心
有时在某种场合
你顺着言语攀延
成为酒后茶余的催化剂

我知道

不是你不想

只是我们都是一枚棋子

在生活的棋盘上

被到处移动

校园

校园的枝头挂满青春的故事
那是你的故事　我的故事
风带不走　时间也带不走
永远定格在青春的校园
秋天播种　秋天收获
春天的樱花开满心头
冬天的白雪飘着青春的味道
夏天的云接过雨　天便晴了

云是鹤故乡
海是龙故乡
学子的故乡是校园
时光催老了校园的树
风的信使把种子带到大地
长成信仰的力量

多少年前　多少年后
南腔北调的声音
纷沓而至的足迹
如潮水般涌来

又如潮水般退去
都回到青春的大海
记忆的校园
学子的故乡
风带不走　时间带不走

心事

有的事

像蝌蚪　放下就游走了

有的事

像石头　放下就长在心里

若无其事的事眨眼就飞走

捕风捉影的事风一吹就长根

心的事藏在心里　在黑夜

谁也找不到

一颗露珠

不知道在太阳出来后活多久

一个肥皂泡

风一吹肯定要破

真羡慕那个光头的男人

此时　正在列车里忘情地啃着

一个光头鸭子的翅膀

心事走过的地方

一张尖脸的竹叶　几朵早熟的黄脸菜花

你好

一只学舌的鹦鹉在对你说

放下的事像蝌蚪游走

放不下的事像石头长在心里

雪之花

昨夜
怒吼的北风咄咄逼人
今晨
沉默的大地急白了头
好似时间给父母染了发

这是今冬第一朵
开在天地间的小白花
它来自遥远而寂寞的广寒宫

为期一年的约定
急坏了调皮的小孩
今天
他们犹如破笼的小鸟
倾巢而出
一直担心会迷路的小雪花
终于赶到了
这是多么让人迫不及待
他们忘情地采摘
开满大地的雪花

到处是欢声笑语

抟雪成人　小花也长成了人

多像花样孩子成长

而此时

故乡屋顶的瓦片上

也一定开满了雪花

夜深人静

屋后那片黑漆漆的树林

却亮如白昼

神秘的隐私如此不堪一击

父母睡意全无

兴奋地算计着来年麦子的收成

寻人启事

一位头发花白的老妇人
跪在地上寻找儿子
她的儿子
躲在黑框镜里不出来
青年英俊的脸
浓眉大眼
对着母亲笑
对着路人笑
也对苍天笑

她的儿子那么大
已有一个小男孩
叫他爸爸
她的儿子那么小
小得在地上
找不见

身后是工地
工地的大门
铅灰色

紧闭
铁锁生锈
歪歪斜斜
无精打采

工地的坑很深
深得像坟墓
埋葬一些
活的尸体
死的尸体
工地的吊臂低垂
青筋暴露
像老妇人绝望的手臂
青筋暴露

工地的大门上挂着
白布黑字的寻人启事
"讨回公道
还我儿子"

雪夜清洁工

今夜北风扑窗

怒号声掩盖了飞舞的雪花

还有街头的脚步

房间温暖的呼吸

我不担心草原的羊群

自会有人早早安排

也不担心明天堵车迟到

众所周知不必为难

我只操心那位须发皆白的清洁工

那位跳着小苹果舞的清洁工

那位与风雪相伴的清洁工

今夜是否还有人记得

羊皮筏子

羊皮筏子划动时
一只飘着雪白胡子的老山羊
正站在草坡上
与我静静对视
风已吹凉深秋的水
筏子经过的水面
留下一张羊皮的余温
和柔软的羊毛
老山羊深蓝的瞳仁
是这深蓝的湖水
深蓝的湖水漂泊一张
古老的羊皮筏子
羊皮筏子散发着羊皮的余温
和羊毛般的往事

夜

夜蒙着脸

正在悄悄逼近

凭借黑的保护色

一会儿隐身于树梢

一会儿藏匿在屋顶

只有星星眨着眼

嘲笑它多此一举

因为 因为所有的东西

都被它一口气装进了黑色的布袋

连同自己

夜是一张无边的网

网下遗漏的点点灯光

是夜在黑色舞台表演的道具

此剧不知有几幕

夜昏昏沉沉睡着了

遮风挡雨的门窗

阻止了多少小人的出入

却挡不住夜的入侵

遗失了灯光道具的夜

正在房间装点你的梦

夜有时被雨淋湿

有时被雪漂白

有时被夜色匆匆的行人折断

可它永不疲倦

无所不在

有阴影的地方就有家

有时在你的眼里

有时在你的心中

一半

生命的一半已从指缝溜走
就像一滴水消失了
连同海水的声音
鱼儿的梦
剩下的一半
我要紧紧攥着
直到那声珍重生根
幸福开花

爱情的一半遗忘在
黑夜的炊烟里
猫头鹰的笑声
是嫉妒还是警告
剩下的一半
我要它像风筝一样
在冬日的暖阳里奔跑
还要它永远在梦里
不再醒来

亲情的一半

播撒在故乡的田间地头

和鸡鸣狗叫中

太阳的花朵

染黄了蜜蜂的肚皮

我把剩下的一半

写满思念

装进没有贴邮票的信封

一棵槐树

那是一棵槐树

生长在故乡贫瘠的沟畔

生长在我虚弱的记忆里

多少年了　多少年了

永远在思考　永远在思考

思考一些你我无法参透的命题

所有的表情都在黑色的记忆里

沉默　沉默

好啦　好啦

今天我就要回去了

也许是肉体　也许是灵魂

是为我祈祷　还是为我祝福

长在沟畔的槐树

冬天开满春天的花

这些花呀　花呀

让母亲的牵挂成了满头银丝

因为爱

我一直想写一首诗
写一首属于自己的诗
哪怕只有一句话
哪怕只有一个字
爱

我一直想写一首诗
写一首属于我们的诗
写一首连我们自己
也不相信的诗
最后
我们哭了
因为
爱

远行

远方的诗人要远行
带起装着许多乡愁的行李
重重叠叠的乡愁
熨烫得平平整整

远方的诗人要远行
长句短歌
标点符号
统统游进思念的大海

远方的诗人要远行
日日夜夜
写着一封
没有地址的信

远方的诗人要远行
一手持矛　一手拿盾
一曲　金戈铁马　唱罢
再一首
断肠人在天涯

远方的远方

谁能告诉我

月亮

有多少遐想

就有多少月亮的故事

有多少心情

就有多少月亮的容颜

总以为月亮只在夜空出现

其实　有时也悬挂在树梢

有时也随风飘荡

偶尔播点浪漫的种子

有时月亮跟着你

如影随行

有时你跟着月亮

如小孩牵着母亲的手

总以为月亮只出现在你的梦里

其实不只是月亮

你也是别人的梦

多少次啊

我总在想

那个当初被月光照见的古人

他的梦里可曾有你的影子

今夜的月亮一如从前
所有的故事只是改了一下时间和地点
月光下
一只花猫与褐鼠对视
一条鲤鱼跃出水面
更多的故事
发生在今夜月光下的梦里

纸

我撕下一张纸

一张没有杂质的白纸

曾经

我用它包火

现在

我用它包裹疼痛

巨大的疼痛使纸也战栗

我想起它的前身

也许是一棵挺拔的树

有着大大小小的年轮

大的如皱纹　小的如笑脸

也许是一竿翠竹

婷婷玉立　与风月唱和

曾是多少雅士的模特

譬如郑板桥

也许是一株不起眼的植物

独立寒秋　与世无争

总之　它的前身是站立的

成为纸后

就有了软弱与无奈

经常与命相提并论

其实哪有命比纸薄

我也知道

由于它的柔弱

既包不了火　也裹不了痛

既然如此

还是躺着吧

任由诸色人等在身上涂鸦

中年

人到中年
已成惊弓之鸟
我们时时刻刻提防
所有的风吹草动

仿佛一夜之间
人生已被冻结
我们在生活的冰上
小心翼翼前行
像迷失在黑夜的路标

钟表

比法官还庄严的
是你木然的表情
有时你悄无声息
却远远胜过千军万马的
紧急
你画地为牢
甘于自我囚禁
习惯在固定的路上踱方步

我有时沉默　有时愤怒
沉默的时候短暂
愤怒的时候长久
不管短暂还是长久
我无法摆脱你轨迹的阴影
你是否知道
人们沿着你的路线
已让你牢外的世界
沧海桑田
日新月异

乡村笔记

1

屋前的溪水

披头散发

不舍昼夜搓洗着

那些面目模糊的石头

动机不明

直至冬天

这些石头露出

阴森森的利牙

2

村子是个大舞台

青蛙、蜻蜓、秋蝉与松鼠

都是本季度最出色的演员

最佳舞美奖

应该颁给色彩斑斓的秋天

谁能拒绝这金色的诱惑呢

最佳编剧

当然是大自然

3

老牛啊老牛
你怎么总是慢吞吞
满腹心事
是否害怕鞭打快牛

4

群山巍巍
道路蜷缩
父母的生活早早
划在这个乡村的圈子里
一辈子都没有走出去

年轻时
他们在乡村的黑土地
种作物

也种孩子
只是孩子的生长期
比植物要漫长得多
等待
成为唯一的选择

年老的父母
已如婴儿般依恋乡村
习惯于
听麻雀吵架
看小鸡刨食
还有一窝窝
小猫小狗
降临人间的喜悦

但这不是生活的全部
他们正在作一生中
最重要的总结
阳光怎样穿针引线
把四季绣成五光十色

阳光怎样穿针引线
又把大地绣成丰收的锦被

5

最好的相思是守望
守望着那种语言难尽的表达
共同生活近六十年的爷爷奶奶
最终又回到了各自的家
一个依山
一个傍水
那是他们请风水师看的地方
以分离为代价　荫及子孙

而我们晚辈
不过在众多回忆里
挤出一点点
浓缩在方寸土堆里的爱

曾经的村庄

村子有一排排树
年年与我比身高
我年年输

村子有一条条河
河里流着游鱼的泪
我的泪

村子有几位老人
爷爷的胡子长
奶奶的头发短

村子还有几头牛
驮着太阳耕地
踩着星星回家

村子　村子
我精神的图腾
却一次次蜷缩在城市的角落
一次次把回忆擦亮

一次次沉醉在故乡的

酒杯中

北方,北方

我自遥远的南方走向
更遥远的北方
走过南方的森林
走过南方的河流
遥望北方
北方的高原
北方的沙漠
北方的夜空星光闪烁
像草原上狼的眼睛
而更远处
我躲在南方的粮仓
一粒粒数着金色的稻谷
播种在北方的草原
有风吹来
稻香阵阵

城市的眼睛

城市有双永不倦怠的眼睛

夜晚
是镶嵌在楼宇的万家灯火
是母亲盼的儿女回家的爱怜眼神
清晨
是道路流动的灯光
是小孩见久归父亲的喜悦眼神
白天
她默默无语
在喧嚣与躁动中把守宁静与淡泊

狗尾巴草

我是一棵没有尾巴的小草
以生命的姿态独自伫立
有时在故乡的荒原
有时在淙淙的溪边
像是零零落落的一盘散沙

见惯了
风的哨音
雨的眼泪
见惯了
突然涌出的乌云
瞬间擦去文字般的星星
沉默的心思
就像那互相追逐的日子
每一行都写满大自然的言语

我是一棵不会摇尾巴的小草
也不在乎
那个名字的符号
也无关乎

诗情画意与风花雪月
也许遗忘在荒原
也许遗忘在溪边
没关系
我有我的绿叶
也有我的小白花
尽管短暂　但不寂寞
永远只以一种姿态
怒放生命

故乡

鹤的故乡是白云

龙的故乡是大海

我的故乡是村庄

小小的村庄

或许　有名无名的地图

都找不到它

它的坐标　标在游子心里

午后　彩色的蜻蜓倒立荷尖

好像只有一只翅膀

另一只翅膀留在新雨后

撒一次网

网住一些水的波纹　鱼的眼泪

因你离得太久

小花狗变成大白狗

探头探脑望望你　跑开了

这是一个村庄残存的片段

被你若有若无想起

故乡如同一只风筝

村庄的小路是风筝的线
而你
是放风筝的人
放与不放源自
思念的距离　心情的好坏
不取决于风的有无

一块块田　一块块地
牢牢粘在故乡的调色板上
绿色　青色　黄色　水色
形成油画的主色
不时在城里贩卖

我是你
你是我
村庄的坐标　标在
我心里

故乡的天是蓝的

故乡的天是蓝的
蓝得开了花
开在我的头顶

被群山环绕的天
看上去只有巴掌大小
可我不在乎
顶着这片天
我已行走江湖
三十又三年

我没有虚构的义务
更不会把乡愁调成彩色
蓝是我唯一的选择

有时看看这蓝色的天
有时看看自己的人生
实在　够劲
就像小时候
故乡的太阳

在身上烙下的
黑白印记

黄土谣

站在那千年堆砌的土堆上
高高的土堆上
我吼一声哪
唱一曲
我要唤醒千年的沉睡
唤醒那千沟万壑
满脸的皱纹

黄色的土地
黄色的皮肤
白色的羊群
蓝天飘荡的白云
黄白相间的地方哟
流淌的是母亲河

站在那高高的黄土地啊
我吼一声
唱一曲
呜咽的唢呐
奔腾的黄河水

黄土地上的信天游哟
怎么也唱不尽这千年的心事

高高的黄土高原哟
高高的土皇帝
你可曾知道
母亲河的泪水
母亲河的耻辱
哎呀嘿儿哎呀嘿
你可曾知道
黄土地的精神
黄土地的力量

故乡的语言

故乡的语言是一些难懂的方言
只有乡亲在交流时使用
远方的游子也一知半解

故乡的小河是沉默的
它的话只说给风和雨听
故乡的大树是沉默的
它的话只说给
小鸟和阳光听
故乡的父母也是沉默的
他们的话只说给游子听

而我的话
说给谁听

麦积山

因饥饿
想起麦子
想起某个地方
麦子堆积如山

麦子堆积如山的地方
没有一粒麦子
错过了麦子播种的季节
也错过了麦子收获的季节
信念被雕成千尊佛像
绝望长成了一片森林

错过了播种
错过了收获
麦子何时堆积如山
我问众佛
佛皆默然

回忆

想起这样的日子

茅屋檐下倒悬的冰

寒光闪闪

锋利无比

就像穿透衣服

直达身体彼岸的北风

就像一些在夜晚

注视你的眼睛

其实　它很脆弱

太阳的舞蹈

使它莫名流泪

想起这样的原野

无名的小花

无规无矩盛开

撒欢的小狗狂吠

长脚的蜻蜓迷失

还有失恋的野鸽子

咕咕忏悔

而我从未驻足

想起那么一两个人

我们曾经认识

或许还是朋友

在渐行渐远的路上匆匆追赶

我放下那罐蜜　轻轻说

不要再追了　朋友

想要就拿走

我们还是好朋友

麦田

昨天列车驶过原野
一片片一块块的麦田
没播种就被鸟儿惦记
就是去年那只相同的火烈鸟
风也扇了扇
点燃思念的火

昨夜谁偷偷拿起画笔
把麦田画成高高低低的绿
一大片一大片　一大块一大块
太阳是绿的
蓝色的天空也是绿的

麦穗拔节的声音引人遐想
麦秆多像爷爷的烟锅
麦粒在锅中炊烟袅袅
父亲在想象我们挥舞镰刀的季节
嚓嚓嚓　声音多美妙　多动听

麦子还没播种就被鸟

惦记上了
还是那只火烈鸟
此时
麦田不再有守望者

母亲的手

母亲的手　色彩斑斓的蝴蝶
里面住着一群时间　一群故事
故事的积木从童年开始搭建
越搭越高
时间的金鱼从童年开始游走
越游越少

悄悄溜走的时光
悄悄悄悄
堆满了故事
狼外婆永不停歇
游走在童年的时光　童年的故事

母亲的手　星罗棋布的天空
总是摘几颗星星给孩子
当礼物
紧紧攥在手里
似乎不曾失去
事实上
星星还住在星星家里

星星还躺在星星妈妈怀里

星星眼睛还在眨呀眨

星星妈妈不舍得

天下妈妈的梦

一样

色彩斑斓

母亲的手

畅通无阻的船票

思念是启航的号角

号角声里

炊烟四起

望眼欲穿

号角声中

母亲泪流满面

母亲的菜园

母亲的菜园是个百宝箱
里面锁着四季时光
透过篱笆看看蔬菜
就知道什么季节了

母亲的菜园是个百宝箱
里面锁着童年的记忆欢乐
其余的遗落在菜园外的路上
只能在回忆中慢慢寻找

今天我站在菜园的篱笆旁
像个时光的偷窥者

收割

割呀割呀

割掉白天

割掉黑夜

割掉夏天

割掉秋天

收获

一地灿烂的春天

一地宁静的冬天

童年

童年傻傻的
总有一些奇怪的想法在冒泡
朵朵白云像棉花
朵朵棉花又像什么
像白云吗
可我至今还爱说
白云像棉花

我希望
蓝色的天空大地
天天都有白色的棉花
开心地笑着
把黑色的乌云
赶回海洋深处的老家

童年我曾责备过
那些疯狂打捞月亮的猴子
因为月亮正在洗澡
请不要
不要惊扰她

猴子走了我们来了
我们提着竹篮来打水
那些漏掉了的水珠
如从指缝溜走的时光

童年我没看见大海
此后我一直在想她的模样
我见到的大山
像老家的土墙
一垛一垛立在我跟前

我想
那时大海一定藏起来了
被喜欢跳舞的阳光
藏在脚下
起伏的波浪
也被推成起伏的山脉
急于逃走的船队
在夕阳下
行了最后一个告别礼

柔软的海草啊
怎么这么不小心
怎么长成了参天大树
海里的鱼儿
全在树下等着
等着长出一双能攀爬的脚

而我们在丛林里
自由穿梭
就像鸟在窝里
飞进飞出

其实,童年的想法很简单
总以为黑夜发光的眼睛
就是最明亮最温柔的眼睛
总以为和你一起骑竹马的女孩
是你一辈子的新娘
总以为对你高声欢呼
知了知了的蝉
懂得比你多

可你永远不明白

谁捞走了

蜘蛛网里的鱼

谁擦掉了

鸟在天空飞过的痕迹

远了远了

一切都远了

快快趁着草叶上的露珠

还没完全淹没记忆

快快趁着童年的小路

还没完全模糊

让我们再唱支熟悉的歌吧

让久远的童谣陪着我们

在童年的小路再走走

我要回家

一个节日的早晨
我用百米冲刺的力量大声喊
我要回家

是的　我要回家
我要回家
撑起父母被岁月压垮的双肩

我要回家
看看山坡的桃花
整理夏天的菜园
收割秋天的稻谷
总结冬天的思念

我要回家
拔掉院内直立的荒草
推倒被时间侵蚀的围墙
为小鸟筑个巢
为小狗找个窝
也为自己的心灵安个家

我要回家
今天就启程
在之前我又练习了几遍乡音
仔细想了想家的具体位置
和那条模糊的小路

我要回家了
我要回家了

乡愁

今天的雨使我想起家乡的晴天

在春天和秋天

或者夏天和冬天

最好是春天

站在山岗上花的海洋

彩色的蝴蝶　长腿的蜜蜂

一群群　一群群

在花海中比赛游泳

矮脚的斑点狗

正咬着自己的尾巴迎着阳光

在秋天的晒谷场转圈圈

可笑的小鸡蹒跚着跑过时间的钟表

春天的池塘还没有盛满夏天的雨

今天的雨使我想起家乡的味道

家乡的味道　愁的味道

乡愁　乡愁　乡愁

一滴雨瞬间

变成冬天的海洋

很冰冷　很温暖

白天与黑夜

世界很大吗

其实很小

纵使走遍千山万水

也无法摆脱白天与黑夜

这对时间的

孪生兄弟

它们总是如期而至

相互交替　相互掩护

暴露一切　也掩盖一切

不管你愿不愿意

我们的生活从此

一半清醒　一半糊涂

悬空的理想

有多少理想

就有多少回忆

这是我

前半生的总结

因饥饿

我小时候的理想

当一名粮店库管员

白帽子　白手套　白大褂

收粮　卖面

晚上像葛朗台

端坐在黄谷白米中

想想它们演变成的各种美味

也想想它们被人果腹的宿命

还有镇上新华书店的店员

不用耕田种地

夏天还吹电风扇

还能随心所欲看书

我那本《渡江侦察记》

往返十五里

穿山越岭

堪比书里紧张情节

我想

这辈子最爱差事

莫过于书店卖书

最终

日子还是像琴键

黑白分明

此起彼伏

成一纸回忆

写给冬夜的诗人

文字啊

岁月无奈的符号

思想无声的言语

更多时候被遗忘于时间的角落

遗忘于你我不相见的江湖

今晚她是英雄

将诗人的睡眠温暖

将心中黑暗的寒夜驱散

今夜的狐裘锦被

怎敌我诗的王位

隐秘的房子

昨夜故乡入梦

梦中的故乡洪水滔天

七月骄阳似火

水面银光乍现

有人在水中抢收早稻

有人在水中捕鱼

还有人在往高处搬家具

有人哭泣有人笑

只有我如路人

神情漠然

看着老屋在水中轰然倒塌

一同倒下的还有爷爷奶奶

多年以后

父母在老屋原址重建的房子

又成老屋

而我久居都市

在心中为自己

打造了一所皇宫

历久弥新

放过我

我以上帝的名义请求
放过我
我不再需要那些虚伪的掌声
那些带毒的鲜花
还有阳光下的冷箭
和六月的冷语

放过我吧
我不是你的敌人
也没有你想象的强大
更多的时候一无所有
除了你不曾拥有的孤独
和行走在天堂之上的灵魂

放过我吧
我对自己说
我只想做个纯粹的人
不管是快乐还是痛苦
纯粹得让时间静止
听听心与灵的声音

听听小鸟在床头的声音
听听花开的声音
和小马蹚水的声音

唯有如此
才能找到那道
已被黑暗隐藏了千百遍的
回家路

不要

不要相信任何承诺
它不过是语言表达的需要
所有承诺都没有保质期
在阳光下都会扭曲变形

不要相信夜只在夜晚出现
夜是黑暗的代言人
凡有阴影的地方都有夜
包括有时明亮的眼睛
和看不见的心底

不要相信笑就代表高兴
含泪的微笑是压抑的痛苦
而口蜜腹剑的笑
往往是迷人的沼泽
还有的笑
是一口风平浪静的深潭
充满死亡的诱惑

不要相信阳光不会游泳

但从不在小溪小河中表现

在大海中游泳的阳光

一不小心就变成了满天星星

其实有的事就这样

还没开始就被眼睛

和感情欺骗

亲爱的小孩

快快回家吧

妈妈在远方召唤

不要相信自己

更不要相信别人

只须记住脚下的

路

爆米花

城市的夏夜

不经意点亮

乡村冬天的黄昏

这个时候

落日闪着寒光

冻住了炊烟笔直指向的天空

成为明天气候的风向标

萧瑟的大地是如此低调

所有的辉煌藏得严严实实

——贴上等待的标签

等待那声久违的

春的承诺

唯有小孩的笑声

从村头跑到村尾

一路追赶

爆米花的味道

留下一地

童年的味道

床

我像个入侵者

迅速占领了它的领地

心安理得　做起

白日梦

而一些懒惰的石头

就这样躺着

连身也不翻一下

一睡就上万年

只有不安分的牙齿

无论在床上站着　躺着

都有一场局部战争

不相信——写给儿子

我不相信你已长大

我所有的记忆还定格在

你曾经幼小的身影上

如花的笑脸

如铃的声音

你蹒跚奔跑的模样真可爱

每一步都很努力

每一步也都是希望

你张开双臂　却梦想

拥抱整个大地

我不相信你已长大

我早已习惯你的依赖和

你仰视的目光

对于你

我似乎永远在梦里

昨天的梦太短

今天的梦太沉

明天的梦太远

我不相信你已长大
也不相信离别
是为了重逢和再见
但我们注定要离别
那是满满的期待
幸福的守望

读诗

诗是远行的歌者
那天
几缕带着花香的阳光
努力推开诗的窗户
悄悄钻进　文字温暖的被窝
我连忙一一叠好

那天
疯狂的海子正在海边疯狂玩耍
面朝大海
海浪高歌　海浪哭泣
海水春暖花开
一匹牧马陶醉了
陶醉在这盛开的花中

那天
食指竖起了食指
于坚有坚硬的思想
我打碎了它们　咽下了它们
看见

几颗星星在银河游泳
浑身湿漉漉

那天
诗意满怀
转朱阁　低绮户
还是溢出许多
我把她们
一半捎给远方的大地
一半捎给故乡的白云

佛说

佛居深山千年
怎知世事万象
任凭众生膜拜
我笑而不语

一句隔空传语
猜我　猜你
南无阿弥陀佛
千万年不老
了却多少善男信女事

上山拜佛路一条
下山路径千万条
条条通往红尘名利场
怎叫我普渡众生
找到那个回头的岸

感悟

岁月啊
像一块风干的牛肉
越往后越难嚼
这是必然的

人生啊
像一块不起眼的玉石
被时间打磨成
玉或石
这是必然的

我这一生啊
尽管不停贩卖诗文
可最后竟没留下
一个
可以刻在墓碑上的
文字
这是必然的

梦里磨刀

又到五黄六月
我在梦里磨刀
那把生锈的镰刀
我使出浑身解数
磨了　一遍又一遍

"阿公　阿婆
割麦插禾"
布谷鸟还在
一遍一遍地催

我咬咬牙
又将刀
磨了磨

英雄

头戴斗笠　身披蓑衣
一手扶犁　一手扬鞭
我瘦小的父亲
在斜风细雨中
犁田

大地血脉偾张
父亲热情高涨
老牛卖力前行
犁铧被泥土
擦得铮亮　铮亮

锋利的犁铧伴随
哗哗的水声
剖开水田的每寸肌肤
深翻过的泥土
在犁铧的两旁呻吟

父亲仍不满足
打着响鞭

嘴里不停吆喝着

"走 走 走"

此时的父亲

多像一位

披甲执锐

跃马扬鞭的武士

在大地纵横驰骋

隔壁老王

隔壁老王

我没见过

他是名人

是模范丈夫

也是大众情人

偶尔

妻子在家谈及老王

我还心有余悸

望了望四周

迅速屏蔽了

她的话

孤独

孤独是一匹孤独的狼
四处寻找猎物
在这场追逐与被追逐的游戏中
涂无倦怠
一切取决于某个定位的方向标

孤寂

寂寞是月亮不小心播下的种子

总在月暗的时候发芽

在月明的时候开花

把寂寞的花朵开满心房

这时

五彩斑斓的日子

也是一杯白开水

只在口渴时

才想起

关于诗

其实没那么复杂
只不过　充当了一次
大自然语言的翻译者
其实没那么复杂
只不过　把大家沉默的语言
大声歌唱

其实没那么复杂
浑水摸鱼的语言
大多模棱两可
其实没那么复杂
一些想象
昨天冻死在冬天的枝头
今天却已春暖花开

其实没那么复杂
灵感就是那个被宠坏的
任性孩子
总是出其不意
偷偷跑出来捣乱

其实没那么复杂

千山万水

只不过是稿纸上的

一个符号

还能回到从前吗

想从前
我无钱但有青春
我无权但有健康
我无前途但有未来
我无婚姻但有爱情
现在啊
不值一提

想从前的从前
古道西风瘦马疾
长河落日圆欲坠
既能秉烛夜读
红袖添香
又能仗剑走天涯
想那时
禅房花木深
草色入帘青
孤帆远影碧空尽
想那时
入则为官

出则为将

恪守耕读传家

想那时

开诗词舞会

打口水仗

风云际会

不亦乐乎

岁月如闪电

一闪而过

现在啊

不值一提

剩下的

只是赤裸裸的现实

何处

月光如洗
夜色苍茫
何处笛声悠扬
何处佳人倚窗
却将心事付江流

山层层
水重重
何处望断天涯路
何处是归年
总把他乡作故乡

泪水苦
笑声甜
何处忘忧愁
何处似梦里
不曾想
岁月催人老

蓦然回首

华发留不住
童年的身影
岁月啊
似近似远　似远似近
这时光的小偷
何曾留情

近和远

农村的夜晚离我很近
手伸过头顶就能抓住
城市的白天离我很远
高高在上
一辈子也够不着

婚姻离我很近
无非是
柴米油盐的生活
爱情离我很远
风花雪月
不过是昙花一现

现实离我很近
生存　还是生活
是个问题
理想离我很远
丰满越来越瘦了

五十岁离我很近

这不是什么秘密

多嘴多舌的健康

早已透露

十五岁离我很远

这也不是什么秘密

不要相信回忆

也不要相信往事在昨天

还有什么近和远

欲辩已忘言

和平

绿色象征和平
我爱绿色
我爱和平
可为什么
绿色的军服
常常弥漫着
炮火的硝烟
死者的血腥

拘谨的思考

孤寂的夜空下

游荡着星星一样的人群

在生命的轨道

挤满了善良与美好

虚伪和谎言

你不必担心

更不要忧伤

这就是真实的生活

但你要明白

夜空下的人群

永远不会像星星那样闪亮

只有少数的思想发着

躲躲闪闪的光

就像一个拘谨的人

在讲话时不停地搓着双手

这些微弱的光

曾照亮暗夜醒来的灵魂

愧疚

听命于时间的提醒
我专注于故乡的细节
杂草丛生
岁月荒芜
星空下的乡间小道
姿势固定
多年也未摆脱
被踩踏的魔咒

在这个有姓无名的地方
遗忘是一种必然
河流消失
人口迁徙
曾经的欢笑
掩声苦难的咳嗽
多少人　多少人的一生啊
就这样过去了

成群结队的萤火虫
隐匿多年

不幸成为通缉的对象
只有月亮还留下一份
熟悉的味道
这味道
一如父母思念的目光

乡村小学的铁钟
坚守于执着
失声于无奈
而我
长期游离于故乡之外
却一次次被
时光的小偷光顾
最终
一无所有

来来往往

活到一定年龄
该来的总会来
比如病痛
比如死亡

活到一定年龄
该走的总会走
比如青春
比如亲人

在这来来往往的走动中
我更多是作为沉默者出现
有时候沉默是一种力量
一种小草穿透头盖骨的力量
有时候沉默也是一首歌
一首谁也听不懂的歌

轮回

一粒种子发芽
一粒种子开花
一粒种子结果
一粒种子变成种子

种子的世界非常简单
简单到周而复始
一如我长年累月种下的文字
可无人关注
简单的轮回中
孕育伟大的生命

圈套

小心
工地上的噪音
那是个圈套
夜已深
只有它还在
喋喋不休
它是赶走睡眠的阴谋
它要你穿上
折磨的外套
碾碎梦想
然后自己拿着刀
看着自己
把自己一刀一刀
杀死

上帝的门和窗

上帝关上了一个门
同时
也打开了一扇窗
那么
我问你
上帝关的什么门
上帝开的什么窗

声音

清晨
楼道的脚步声
准时响起
不管愿不愿意
我都得关闭最后一扇
美梦的窗户
去追赶
那远去的脚步

深夜
对面的门
"呼"的一声关闭
不管有多少文字未种下
也不管种下的长势如何
我都要进入另一种状态

我的一天
尽在声音的追逐中
我的一生
尽在门的闭合之间

思想的声音

我就这样躺着

我就这样闭着眼睛

在花香四溢的春天清晨

努力醒着

听着各种清脆而纯净的鸟声

我就这样躺着

我就这样清醒着

我在思考这些声音

经过怎样的长途跋涉

才穿过玻璃

到达城市的建筑

五十不惑

我已经五十岁了
没有太多的思想
没有太好的身体
我在抓紧时间补课
只争朝夕　秉烛夜读

我们这个年龄
在农村是爷爷
在城里是伯伯
在国外是大哥
这并不能就此证明我们还年轻
年龄这个东西有时候
欺骗得连自己也信以为真

我得系紧年龄的安全带
继续行走在补课的路上
前面有个人在对我遥遥招手说
朝闻道　夕死可矣

疑惑

这是一根羽毛
一根白色的羽毛
在太阳下发着白光的羽毛
被风在水面随意抖动
我诧异
这是哪只粗心的鸟儿
将心爱的衣裳遗落在
湿漉漉的人间
一同遗失的
是否还有
飞翔的梦

语言的终结者

话有三说

巧说为妙

母亲从小这样对你说

语言是一门艺术

老师在课堂上这样对你说

而在后来的生活中

你是沉默的

一如故乡空洞洞的枯井

尽管也有文字曾刺痛过

你的神经

带来寒冬的温暖

带来初恋的激动

带来黑暗的光明

更多时候

你生活在语言

卑微的屋檐下

你心慌意乱的表达

多么像个
落荒而逃的贼

其实你早已洞悉一切
冠冕堂皇的话
于你索然无味
你更像一壶永远烧不开的水
让泡茶喝的人干着急

还是沉默吧
既然以沉默开头
何妨以沉默结束
至于过程
还是留下空白吧

影子啊影子

影子啊影子

我终身的伴侣

我忠实的走狗

总是缩在我身后

总是无法站立

总是被人拖着走

总在黑暗中迷失自我

昨天影子又重重摔在地上

痛苦的身体越拉越长

我分明听见她在灯下哭泣

"我不想当影子

我要找回自我

我要走在人前"

这有可能吗

既然当了影子

那就是一辈子的事业

可怜的

影子啊影子

在余光中逝去

这个冬季
时间在余光中流逝
我在余光中读乡愁

台北的冬天没有雪
冬季去台北就看云
和听听在夜晚
与乡愁唱和的冷雨

现在余光消失
童年不再
回首往事
再精致的故事
也不过是拈花一笑

唯有乡愁
不需编织与打磨
在时光的洗礼中
越来越浓郁
总是带着泥土与野草的味道
扑面而来

怎样才算夜晚

夜闭了眼
才算夜晚
夜闭了嘴
才算夜晚

这样的夜晚多好
没有一丁点光亮
也没有一丁点声音
光已隐形于黑夜
一切都屏住呼吸
蹑手蹑脚
到处一团黑
到处都是夜的面具

这样的夜
才能算夜晚
包容了大地
所有的缺陷

战士

如果要战斗

给我盔甲和武器

风是号角

雷是战鼓

死亡是最好的战果

最美的桂冠

即使长眠大地

也要留下漆黑的双眼

看看黎明前的微弱曙光

张大的嘴

张大的嘴

像口深不见底的矿井

牙医正拿着工具敲敲打打

不停进行矿产探测

张大的嘴

像个干涸的湖泊

没有水的庇护

牙齿都裸露在河床上

张大的嘴

像个疯狂扩张的王朝

一口一口吃掉

多少小国与生灵

张大的嘴

显得有些绝望

它想说一个秘密

不过它什么也没说

其实什么也不是
只不过是一张
张大的嘴而已
它的主人叫张大

质问

山高水低
风和日丽
多好啊
开在平原上的向日葵
寂寞转动身影
一遍遍质问太阳
为何总要我跟随你

草长莺飞
小桥流水
多好啊
愤怒的鱼儿一次次
跃出水面
大声质问溪水
为何总使我
浑身湿漉漉

天高云淡
海阔天空
多好啊

大雁疾行

苍鹰搏击

这本是

司空见惯的小事

无人在意

当讲经者大声宣告

黑暗已腐朽

我质问

神山的千年积雪

是否照亮苍穹

这是真的

如果雪是黑色的
你不必惊讶
那是全部的委屈与愤怒

如果世上没有侵略与屠杀
你不必惊讶
除非谎言的舌头长满荒草

如果我爱你
你不必惊讶
这是真的

忠诚

尽管很遥远
我还是要去寻找远方的诗意
先说说心吧
我把它藏进深不可测的海洋
任凭风吹浪打千万年
我把它挂在悉悉斜斜的灯杆
用微弱的光芒照亮
远行的道路

总是

云总是在清晨离开
急急忙忙寻找下一个
流浪者的救助站

雷总是不合时宜
在中午响起
它咆哮的声音
足以让高谈阔论的蝉
顿时静寂
其实在此之前
闪电已用犀利的眼神
发出了严重警告

惬意的微风
总是在傍晚姗姗来迟
一如醉酒的汉子
摇摇晃晃
摇摇晃晃

雨总是在黑夜伤心哭泣

就像一个怎么也找不到
回家之路的小孩
有时哭得太久
蛇也会在它的泪水中
尖叫逃走

醉

蜜蜂醉于花丛
鸟儿醉于天空
大地醉于秋季
酒杯醉于泪水
身体醉于灵魂
白天醉于黑夜

而我
并不想醉于酒
酒太苦
也不想醉于诗
诗离天堂太近
我只醉于孤独
内心满是空空的秕谷